마음의 서랍

필사 그리고 펜 드로잉

마음의 서랍

글·그림 김헌수

시인의 말

당신의 들판은 온통 초록인데
서성거리는 고요를 넣어두었네

2022년 10월
김헌수

차 례

두 번째 서랍_61

세 번째 서랍_111

네 번째 서랍_165

마음의 서랍 활용법

1. 쓰인 글을 필사해 보고 느낌을 적어보기
2. 펜 드로잉 그림을 그려보고 색깔도 칠해 보면서 나만의 그림으로 완성하기
3. 생각나는 좋은 문장이나 새기고 싶은 생각들을 적어보기
4. 일상을 그려보고 정리해 보기

첫 번째 서랍

새털구름
같은
마음

내 안에 깃든 당신에게
몸의 안녕과 마음의 안부를 여쭙니다

봄이 오면 일상의 회복을 기대하면서
반짝이는 햇살 아래를 걷고 싶어요

종일토록 새털구름 같은 마음을
봄볕에 걸어두고 싶어져요

우울한 시절을 건너가는 요즘,
짱짱한 햇빛 아래 마음을 널어두고 싶어요

햇살 아래 펄럭이는
바짝 마른 빨래처럼
습기 어린 마음을
내다 걸어 보아요

내 안의 촉수

사분음표로 내 마음을 다독이는
당신의 전화
강물의 체온을 따라
내 삶의 언저리를 짚어주는
당신의 투정과 몸짓이
산벚나무 아래 오래도록 담겨 있다

은근한 삶을 산다는 것,
불편을 감내하는 일을 훌훌 털어버리는 것,
내 안의 촉수를 밝히며
책상을 끌어당겨 본다

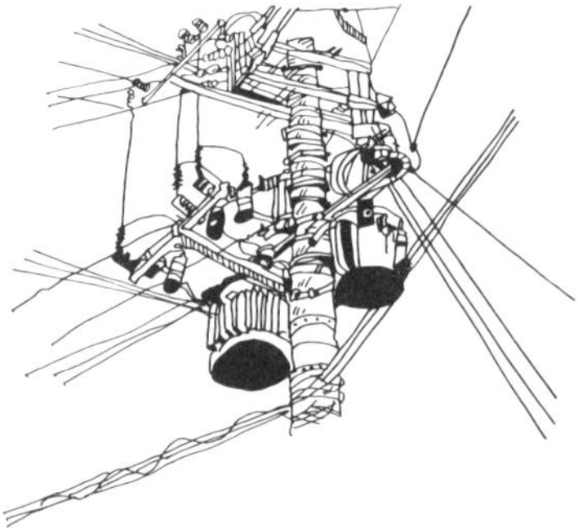

터무니없을 만큼 온전하게
묵묵히 견디어 내는

뒷모습

처음 열어본 서랍에
너의 뒷모습이 혼잣말처럼 일렁인다

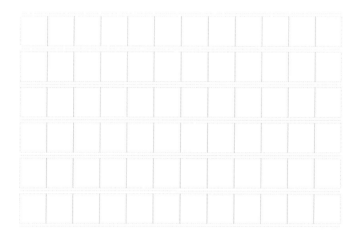

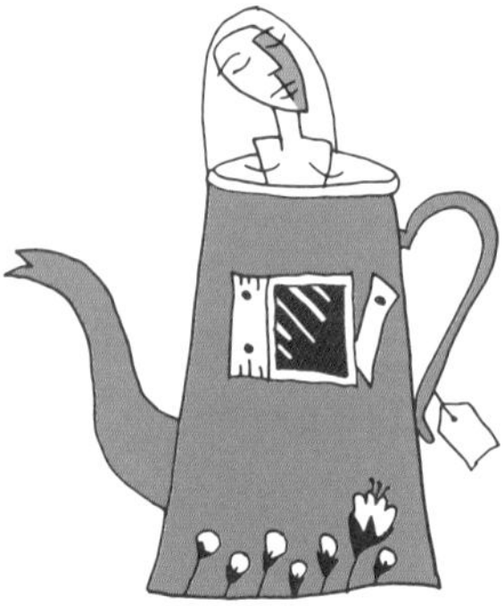

은근한 삶을 산다는 것

저물녘

하루를 지나오면서 당신 생각으로 가득했습니다
겸허한 마음으로 남루한 현재를 받아든 두 손

장대비에도 젖지 않는 당신의 목소리를
걸어두었습니다

스물하나의 고운 나이
적당히 타협하지 않고
삶을 온몸으로 부대끼며 가던

아득한 수평선 같던

온종일
네 생각을
비우지 못하고
채우고만 있는

공통분모

모리스 위트릴로는 기댈 벽이 없었나 보다. 파리를 떠난다면 회벽 한 조각을 가지고 간다고, 낡은 결이 드러난 벽, 깨진 유리창, 부서진 창틀, 닫힌 문, 가파른 언덕과 교회, 골목을 그렸다. 회반죽과 아교를 섞어 만든 흰색 물감을 많이 써서 그린 그림들, '침묵의 색'이라 말하며 회색을 주로 쓰고 백색 시대를 열어갔다.

"나는 내 작품에서 시든 꽃 내음이 풍겼으면 좋겠다. 황폐해진 사원의 꺼져버린 초 내음이 풍겼으면 좋겠다."라고 말하며 삶을 이해하는 암호 같은 그림을 그려냈다.

흑과 백의 경계를 드나드는 나의 마음과
공통분모를 가졌다

쌓이기 때문에 머무를 거라고 믿는 것들은

책 덮고 창을 여니

빗방울이 고인
느리고 텅 빈 시간
여린 잎으로 지나간 잎맥
한 땀
두 줄
세 가닥

텁텁한 문장을 옮겨 적으며
흐느낄 때마다 박음질한 잎맥은 쌓인다
물끄러미 바라보는 연필의 끝을 당기며
가만히 써 내려가는 일
꼿꼿하게 일어서는 문장의 잎맥은
투명한 창에 걸렸다

빗줄기가 들이친다

삶을 온몸으로 부대끼며 가던
아득한 수평선 같던

겨울은 늘 그렇게

국경의 긴 터널을 빠져나오자, 눈의 고장이었다. 밤의 밑바닥이 하얘졌다.
신호소에 기차가 멈춰 섰다.
- 가와바타 야스나리, 『설국』

지천에 쌓인 눈을 끌어안아요
조각달이 쓰다듬기 전에
햇살이 돌아오기 전에
흰 눈이 바람과 달려들어
겨울을 갉아 먹고 있어요

쌓이기 때문에
머무를 거라고 믿는 것들은
차가운 뿌리가 축복처럼 젖어들어도
다시 꽃 피는 봄을 데려오기 전에는
좀 더 일찍 가당찮은 희망을 품고 있어요

매일 다른 얼굴을 보여주는
겨울은 늘 그렇게

쏟아지는 시간의 고음을
심어놓았다

블루를 좋아하는 그녀

마법처럼 풀리는
감탄을 불러오는 색감
시퍼런 물이 얼음이 되어
눈이 시린 바다를 기억하는 일

냉정과 열정 사이에서
그대만의 순수함을 유지해 보아요
유쾌함을 전해주며 살기에도 모자란 삶이잖아요
1500도 이상으로 뜨거워지는 생각
우울과 무기력함을 떨쳐버리고 파랑으로 나아가는 길

블루는 한 발자국 걸어 나가는 진취적인
걸음을 꽂아보는 일

쓸쓸함은 그녀의 외피가 아니었죠
가슴이 시키는 대로
그 방향으로 나가보아요

장대비에도 젖지 않는
당신의 목소리를 걸어두었네

12월 28일

가족사진에는 행복이 찍혀 있다
흐뭇하게 웃고 다정한 포즈로 서로를 응시한다

동생의 해맑은 눈동자를 들여다본다
거실 벽면에 훈장처럼 걸린 가족사진

언제나 맑음이다
상상력의 틈을 돌고 돌아

한참을 머물다 온다

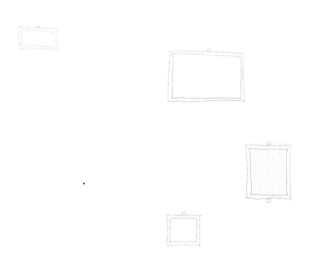

내 안에 있는 무수한 프레임

동행

초록 물을 들이는 일이란
그대 안에 고여 있는 연둣빛 언어를 갖는 일이다

삐딱하지만 보이지 않는 것을 바라보는 눈빛
장다리꽃에 내려앉은 배추흰나비의 숨
서로가 한 몸이 되는 봄볕이 좋은 날이다

삶의 굳은살을 비비며
서로를 내어주는 우리의 생
터덜거리는 길에 산그늘이 되어주는 통로
나란히 가는 길

초록 물을 들이는 일이란
그대 안에 고여 있는
연둣빛 언어를 갖는 일이다

3분

헝클어진 머리
스크랩한 기사
컵라면
통화
엘리베이터를 타고 오르는 집
뜨다 만 털실 뭉치
샘플만 가득한 화장품 파우치
포스트잇이 붙어 있는 스케줄러
여름내 돌고 돌던 선풍기
필기 도구가 가득한 필통

찬찬히 훔쳐보기 좋은 카페에 앉아
내 마음이 덜컥 커지는 시간

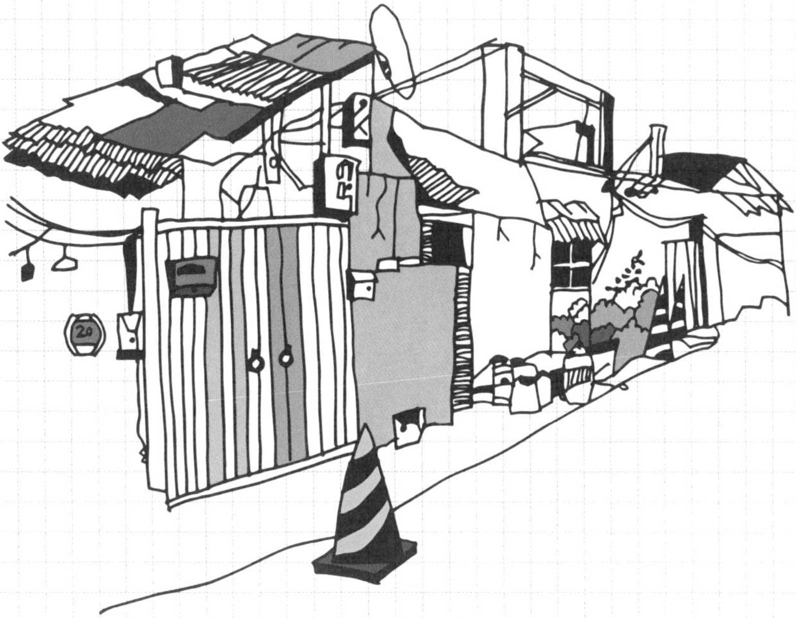
20

발끝부터 올라오는 슬픔을 쟁여놓았다

이모티콘

웃음이라는 단어가 나부껴
함박이라는 낱말에서
생각 그물을 펼쳐놓아
겹겹이 허락하는 상상력만 휘돌고 있어
만일 내게 시간이 주어진다면
휴대폰 근육에 새겨지는

너의 마음을 움직일 거야

파랑으로 나아가는 길

두 번째 서랍

모네

일생 동안 빛을 그려댄 모네
가로등의 숨은 빛
부드러운 선
루앙 성당 꼭대기에서 바라본 하늘
등나무 꽃이 있는 다리
템스강을 흘러가는 배
물 위의 수련

창백한 보라가 만발한
햇살을 가로지른 붓질

지상의 빛들이 사라지는 것을
눈부시게 바라보았지

옹기종기 모여 앉은 비둘기들은
날개를 털며 날아가네

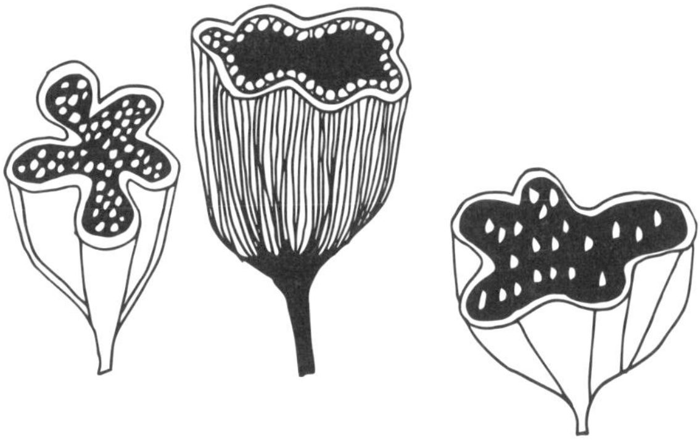

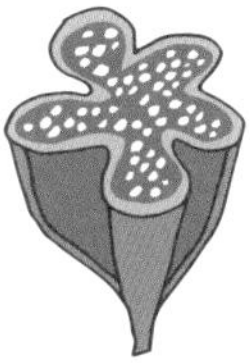

서럽게 읽어주고픈
차창에 일렁이는 얼굴들

카푸치노가 있는 하루

커피 향에 머물듯
내 안에도 머물러
어느 구석에도 머물지 못해
어긋나는 사람
우릴 지나치는 감정
그냥 설레

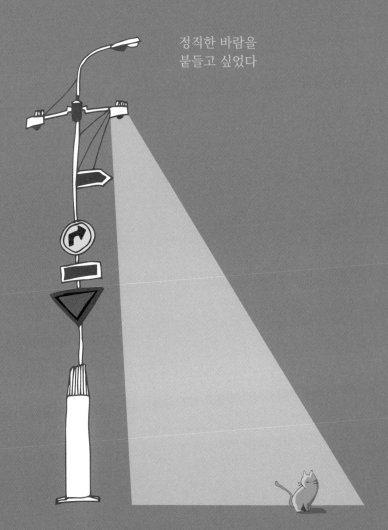

정직한 바람을
붙들고 싶었다

새벽 포차에서

투명한 비닐 천막 저편에 쌓여 있는 어묵과 고갈비
닭발과 닭똥집을 나눴다
고정할 수 없는 아홉시 사십오분 십이초
시간이 둔덕을 넘어 되돌이표로 흘러가는
꼭꼭 씹어서 넘기는 향기

되새김질하는 저녁
수화기 너머
고개를 절레절레 흔드는
누군가 불러주는 노래

마음속에 언제나 떠 있는 별
걸러낸 말은 사라질 듯 아련하다

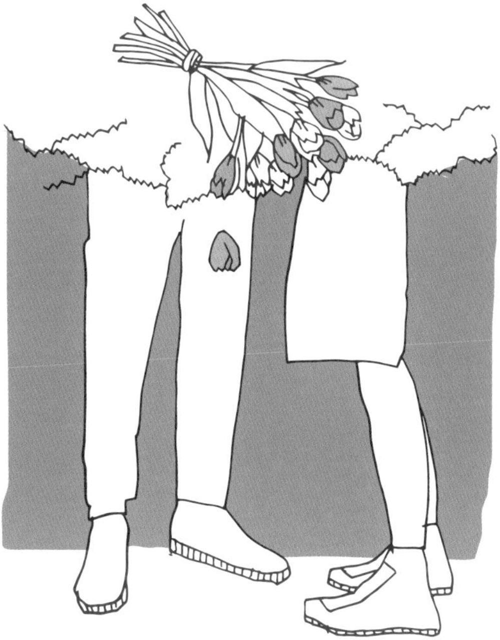

내 마음이 덜컥 커지는 시간

서랍에 웅크리고 있는
조금 덜 슬픈 날

읽지 못한 마음이 많은데
서랍에 넣어둔 네 마음을 묶었다
온종일 네 생각을 비우지 못하고
채우고만 있는

서랍에 넣어둔 네 마음을 묶었다

그녀가 빵을 굽는 오후

필라멘트가 보이는 알전구
등을 할퀴고 간 이가 빠진 폴란드 접시

누추한 이불 속으로 뻗은 다리
콧노래를 흥얼거리는 언니
상처를 오므려두는 시간
혼자가 된 단출한 나

당신을 위해 굽는 크루와상
달콤한 라떼를 마신다

어느 해거름 다른 삶의 표정을 짓는
영혼이 촉촉한 목이 쉰 고양이 울음

슬프고 따뜻하고 이기적인 오후에는
빵 냄새가 고소하게 퍼진다

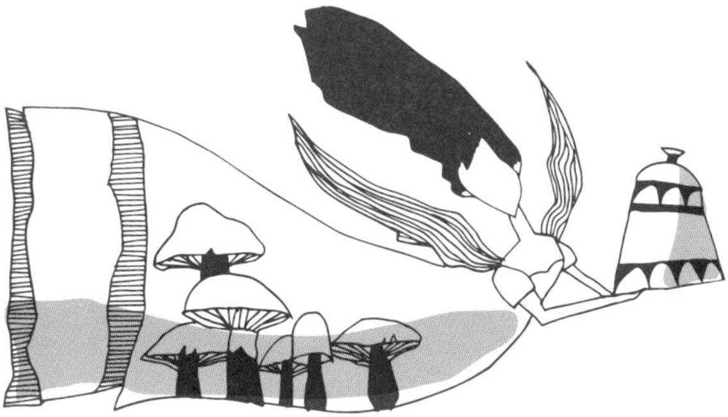

상처를 오므려두는 시간
혼자가 된 단출한 나

7월의 밤

떨어지는 별 사이로
우리는 별똥별의 꼬리가 그려내는
빛줄기를 바라봤지

곤두박질치는 우리의 사랑이
빠르게 두근거리는 모습을 보았지

끊임없이 깜박이는 시절을 생각하며
윤곽으로 남은
고집 센 진실을 바라봤지

습기만 흐르는 우리의 적막
터무니없을 만큼 온전하게
묵묵히 견디어 내는
마법이 풀리는 7월의 밤

온전히 추억을 더듬는
그 시절을 찾아가는 시간

작은 버들치

너무 투명해서
가만
가만
닿을 듯 말 듯

생의 무게가 짓이겨질까 봐
한없이 가벼워지고 싶은
푸른 잎 한 장

지느러미를 팔랑거리는 격렬한 삶
당신의 머릿속을 황홀하게 유영하는
한 마리 버들치로 내내 살고 싶어요

외따로 서 있는 나는
사무치게 그리울 때가 있다

이호테우 해변에서

빨강 말과 흰말 등대가 나란히 서 있는
이호테우 해변을 너와 걸었지

발효되어 흐물거리는
날카로운 가시로 남은 지난날을
바다의 숨구멍을
오래도록 바라보고 걷던 길

바다의 널따란 기운이
모든 상황을 채워줄 거라 믿었지

바다를 가고 싶다는 말을 자주 했지

늘 그렇듯 이렇게
다시 처음으로 돌아간다

그득그득 담고 싶은 사물
관계에 대한 사유
창가에서 바깥 내다보기
남쪽을 향한 빛의 은총 속에 산 에드워드 호퍼
몰스킨 수첩의 촉감을 종일 듣는다

서걱대는 문장
소박한 연필의 흑연 심과 노트의 표면
가난한 내게 당신이 들려주는 음악을 듣는다
모든 순간이 품을 넓히며 아릿해지는 순간
너를 위해 살지 말고 나를 위해 살아라

함께라서 좋은 우리
늘 애잔하게 품는 우리

늘, 항상, 우리라는 교집합

바다를 가고 싶다는 말을 자주 했지

꿈을 빚는다는 말을 바다를 건너며 들었어
서서히 늙어가는 노을을 뒤로하고

견디지 못한 삶을 놓쳐버린 그 누구의 오늘을
파도에 새겼어

드나드는 바람 따라 필연처럼 엉겨 붙는 목숨
숱한 다짐은 포말 따라 사라졌어

사는 데 필요한 인연은 많지 않아도 된다고
죽음처럼 외롭게 사는 거라고
몰래 다녀가면 아프지 않을 테니까

사랑도 그랬으면

'왈칵'이라는 부사가 평정심을 흔든다

문득 생각나는

비가 내리는 가을이면
살아 있는 것들은
혼자만의 방에 갇힌다
대책 없이 비에 젖는 입간판과 가로등
감추지 않은 소리의 내력 따라서
곰팡내를 피워대는 소리를 토해낸다
골똘한 생각에 잠겨 있는 마리서사의 남자
"인생은 외롭지도 않고
그저 잡지의 표지처럼 통속하거늘
한탄할 그 무엇이 무서워서
우리는 떠나는 것일까"라고 노래한 박인환

레인코트를 즐겨 입던
책을 사랑한 그
문득 생각이 난다

사무쳐오는 것들의 이름을 불러보았다

전주역에서

몇 개의 문장이 선로 위에 번진다

기쁨 앞에서 세월을 견디며
몹시 그리운
느릿한 추억을 대합실에서 기다린다
여수로 향하는 노선은 둥글고
오래된 추억이 돌고 돌아 맞물린다
되돌려 읽고 싶은 레일

서럽게 읽어주고픈 차창에 일렁이는 얼굴들
코트 깃에 쌓인 눈을 털어주던
치열이 고른 이를 보이며 웃던 사람
간이의자에 누군가 잊고 간 물건처럼

전봇대에 나란하게 매달린 눈송이를
하염없이 바라보던
얼굴 하나 뽀얗게 떠오른다

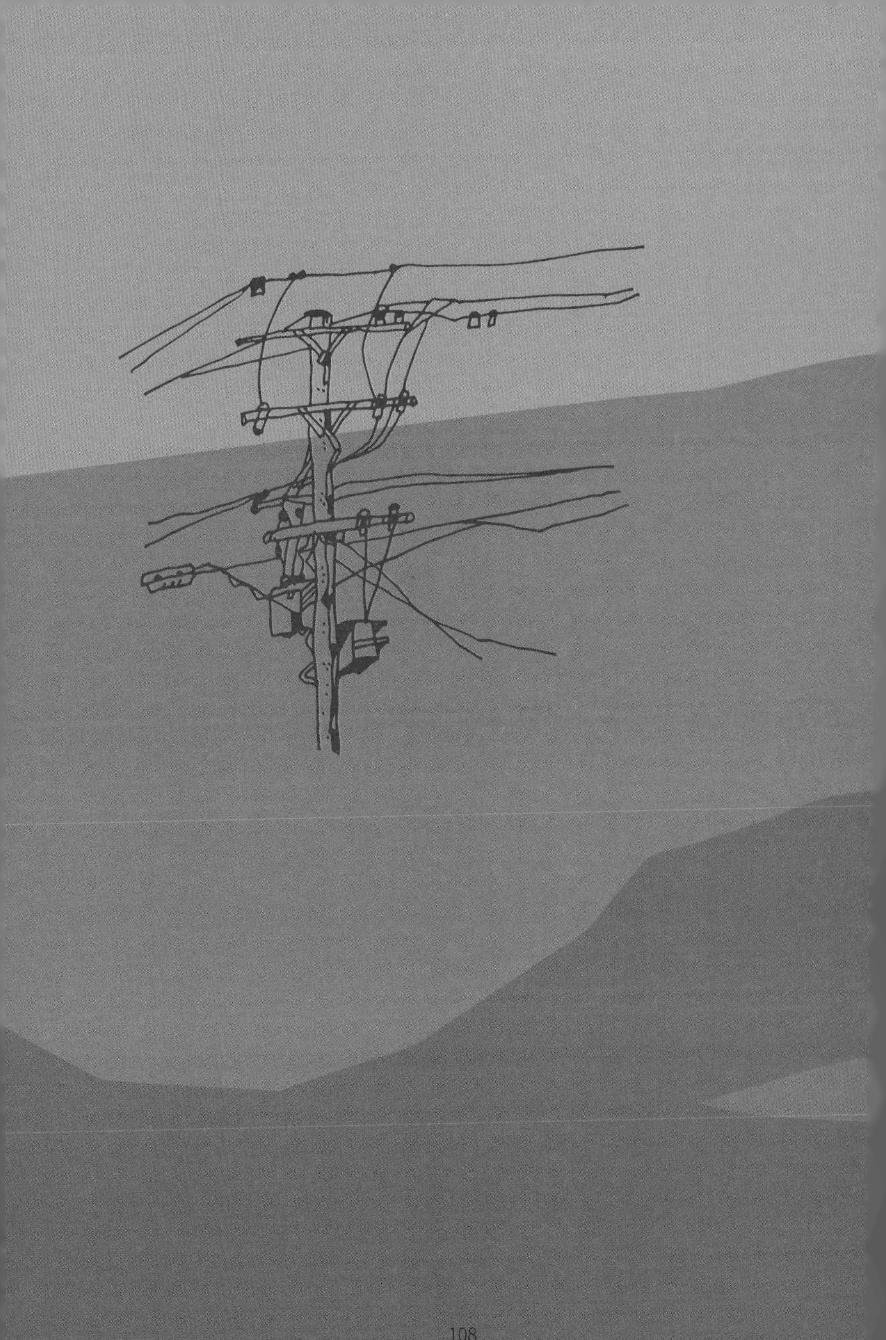

몇 개의 문장이
선로 위에 번진다

세 번째 서랍

가을 앞에 머무르는 법

처마 밑 풍경 리듬을 헤아려보기
산비둘기 날아간 자리를 굽어보기

첫 입맞춤을 새긴 통로에 그때의 나를 앉혀보기
무른 감 떨어지는 그늘을 만져보기

이불을 끌어다 덮어주는 그를 가만히 생각해보기
뒷모습을 빤히 쳐다보며 밤의 낱말을 펼쳐보기

부지런하게 길들인 당신 품에
돌돌 만 온기를 보내기
주홍빛으로 익은 '벌써'라는 설렘을 채워보기
친숙한 향기로 가득한
한 다발의 행복을 기대하기

첫 입맞춤을 새긴 통로에
그때의 나를 앉혀보기

'왈칵'이라는

아침은 세상 밖으로 나를 꺼내놓는 시간이다
강물의 흐름에 젖은 시름을 흘러가게 두고
천천히 누군가의 배경이 되어 탐색을 하는 일이다

아침 앞에서 나와 당신의 하루를 붙잡고
서로 적당하게 그리워하는 일이란
서로 단단하게 여물어가는 일이란

'왈칵'이라는 부사가 평정심을 흔든다

놓친 생각은
어디에서 무엇을 하고 있을까

절망 가운데서도 길을 찾는 일은
상처를 보듬는 일

언제나 명랑하게

한 템포 누그러졌을 기침이
어두운 침실 아래 쏟아져요

명랑하게 살고 싶은 날이지만
요즘의 나는
여름 소나기처럼 통통대던 시절이 그리워요

포도나무 아래서 영글어가는 포도알처럼
여름에 기대어 바람의 감정을 읽어요

어름에 기대어
바람의 감정을 읽어요

모든 '첫'에게

'첫'으로 시작하는 말을 좋아한다.
첫 책, 첫 삽
첫 만남, 첫 문장, 첫 출근
첫 타석, 첫 단추, 첫 여행, 첫 마음
첫 손님, 첫 월급, 첫 수업
첫발자국, 첫새벽, 첫눈, 첫차, 첫사랑

모든 첫걸음 앞에서
다시 꿈꾸고 사랑하는 일이란

사는 데 필요한 인연은
많지 않아도 된다고

그는

빗소리를 즐겨 듣는 사람
흰참꽃나무 잎이 시들 무렵 불쑥 들어온 사람
민낯으로 살기 좋은 사람
함부로 말을 옮기지 않는 사람
순두부찌개에 들어간 바지락 살을 발라주는 사람
왼쪽 어깨가 단단한 사람
조금은 느긋한 사람
생생한 감정의 물결대로 흘러가는 사람
나의 행간을 읽어내는 사람
풍경의 언저리를 바라보는 사람
건조한 생활에 물기를 주는 묽고 싱거운 사람
안경테를 자주 올려대던 사람
맥주 한 잔 들어가면 마냥 웃던 사람
삼겹살 한 점에 세상을 다 얻은 듯한 표정을 짓던 사람
아메리카노를 즐겨 마시는 사람
박하 향이 나는 담배를 피우며 내게 발걸음을 옮기던 사람
엉뚱한 상상력으로 여린 심정을 말하곤 했던 사람

나의 행간을
읽어내는 사람

제대로 보는 것

여러 가지 톤의 사물에 반사되는 빛
생동하는 젊음
숨어서 노래하는 새
햇빛이 내리쬐는 방향을 본다
사전
안경
가위
볼펜
랭보 시집
지나가는 바람을 듣는다

낯선 시내를 걷다가
데리고 온
네 생각

블루 크리스마스

낮은 하늘이 회색빛이다
엉킨 실타래에서 뽑아낸
고민 하나가 숲을 이뤘다

햇살은 꺾여 겨울을 향하고
생장 속도가 더딘 나무들
부드러우면서 선명한 색상
철제 담장 위에 소담한 눈
팔리지 않는 붕어빵에 놓인 근심
12월 24일 새벽 네시 반
모든 언어로 부르는 따뜻한 기운
가로등 아래 눈발은 굵어진다

내 서랍 속에 들어와 앉은 너

서랍

서랍 속에 쟁여진 마음을 꺼내본다
꿈결에 흐르는 마음자리
다정하게 휘도는 창고
밤하늘을 올려다보는 날이 많아졌다

내 오랜 친구와 하얀 밤을 견디며
수만 갈래 실핏줄로 휘도는 그대를
알면서도 모른 척

가난한 우리가, 발끝부터 올라오는
슬픔을 쟁여놓았다

그대와 서랍 속에 빠진 적이 있었는지
자주 열었다 닫았다 확인하고
우리의 사랑이 깊어지는 것처럼
특별한 일을 꺼내 쓰고 싶다

감탄사를 붙이는 일이 많아지게

사진첩

오래된 사진첩을 펼쳐본다
빛바랜 줄이 선명한 사진
첫 소풍 기념이 머물러 있는 흔적
그냥 붙여두고 바라보았다

세월의 흐름을 빠르게 건너가는 강물을 보았다
사무쳐오는 것들의 이름을 불러보았다
온전히 추억을 더듬는 그 시절을 찾아가는 시간

속절없는 시절 앞에서
계절이 바뀌는 꿈을 접어둔다

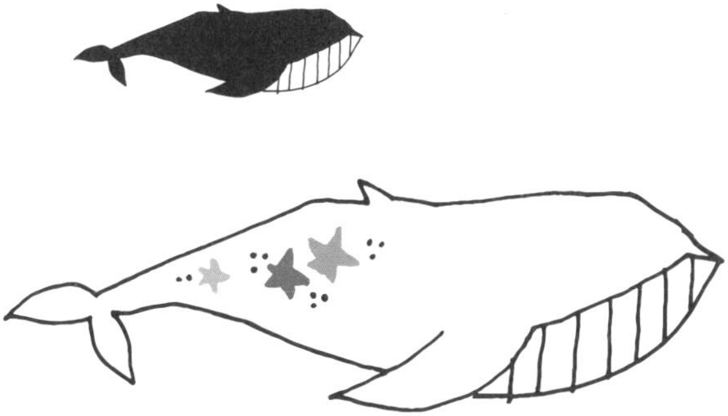

'벌써'라는 설렘을 채워보기

서리가 내린 아침

칠이 벗겨져 녹이 슨 대문
검붉은 녹물이 흘러내리네
살아온 내력이 상처로 꽃 피고
얼룩이 여기저기 긁힌
회벽에 어른거리는 그림자

이마와 눈가에 머문 막연함
어둑한 방에서 눈을 들어 바라보는 나무
눈이 쌓인 가지 사이로 선명하게 들어오는 너

성에가 낀 유리창에 흰 꽃들이 활짝 피어나고
외투를 꺼내 입고 같이 걷는 발걸음
육각형 결정이 따라 걸었네
물큰하게

서로 적당하게 그리워하는 일이란
서로 단단하게 여물어가는 일이란

당신의 생각을 끌어안은 저녁

"너 같은 사람은 어디에도 없을 거야."
"그게 다야?"
걱정하지 마 내가 잘할게
어떻게 잊을 수가 있겠어

어쩌면 기억의 파편
오래도록 내 곁에 있었으면
그랬으면

서로를 향해 가지를 뻗는 그리움
닿으려 애쓰는 그늘 같은 그리움

당신을 조용히 불러본다

오래도록 내 곁에
있었으면
그랬으면

수건을 얹어주던

뭇별의 표정을 바라보았다
감추어놓은 표정이 드러나고
몰래 엿들은 이야기들이 벤치 위에 쌓여간다

향기로운 밤이 표정을 읽고
다시 눈여겨보는 별똥별의 표정이 붉게 번진다

열꽃이 나던 이마에 찬 수건을 얹어주던 엄마,
굳은살 박인 그 손을 만져보고 싶다

나를 기웃대는 날이 늘어가고

여름에 보내는 안부

산나리꽃이 쏟아지던 계곡 옆으로
은사시나무 떨리는 소리를 쟁여두었다

뜀박질하는 황홀한 기쁨
매미의 울음은 울창하게 뻗어가고

당신께 보내는 안부는
여름 하늘에 흩어져 내린다
마음의 기울기를 세워본다

네 번째 서랍

찬비가 지나가는 밤

찬비가 지나가는 밤
골목 끝에 바람 소리는 적막하다

외로움 속에 피어나는 나지막한 울림
내키지 않은 삶을
불편해하는 시간을

잘 견뎌내고 있으라는 문자 한 통
오래도록 마음 한편에 머물렀다

정직한 바람을 붙들고 싶었다

혼자만의 방에 갇힌다

위로로 함께했던

곡절 많은 삶을 살았다는 게
훈장처럼 따라붙었다

자꾸 눈물이 쏟아지고
먼저 가신 아버지의 다정한 성품이
생각나기도 한다

아플 때면 애정 어린 격려와
위로로 함께했던 사람
계란을 풀어서 쑨 흰죽을 내밀던
온화한 아버지 손길을 한 자락쯤 잡고 싶다

마음속에 언제나 떠 있는 별
걸러낸 말은 사라질 듯 아련하다

입동

겨울을 담는 일은
무수한 눈송이의 몸짓을 안아보고
처마 밑으로 나오는 이야기에 귀를 내주고
햇빛을 감아올리는 정오를 새겨보는 것이다

거리를 한눈에 굽어볼 수 있는 조망이 좋다
옥탑방의 낭만적인 풍경
따뜻한 연민

겨우내 쌓인 눈 더미에서 노는 아이들
반쪽 햇볕에 널어놓은 빨래
비좁은 난간에 둥지를 튼 비둘기
과장 없는 햇빛이 고루 비친다

과장 없는 햇빛이 고루 비친다

화실에서

사람을 오래도록 바라보는 눈
북쪽으로 난 창문
굳어버린 물감
팔레트 위에 번진 붉은 향
이른 일요일 아침
추억만 남긴 홀워드 초상
쾌락에 빠진 날
삶을 측정할 수 있는 선과 아름다움의 다정함,
멜랑콜리를 그에게 배웠다

화실은 풍성한 장미 향이 가득했고 가벼운 여름 바람이 정원의 나무들 사이를 휘젓자 라일락의 짙은 향기, 혹은 분홍 꽃이 된 가시나무의 더욱 미묘한 향내가 열어놓은 문을 통해 안으로 들어왔다.
- 오스카 와일드, 『도리언 그레이의 초상』

당신의 가지 위에 나의 소리를 앉혀보는

나를 돌아보는 감각을 내려놓았다

서로 사랑하라. 그러나 사랑으로 서로를 얽매지는 말라. 그저 서로의 영혼의 기슭을 오가는 바다가 돼라 / 칼릴 지브란

그래도 가장 좋은 것은 앞날에 남았으리. 우리의 출발은 그것을 위해 있었으리 / 로버트 브라우닝

당신은 세상에 하나밖에 없는 유일무이한 존재다. 지금 그대로의 모습만으로도 충분하다 / 슈테판 보이노프

삶은 작은 고독들을 통해 이루어진다 / 롤랑 바르트

오늘 써본 문장들은 원고지 틀 속에
못갖춘마디로 흘러간다

삶을 측정할 수 있는 선과 아름다움의 다정함,
멜랑콜리를 그에게 배웠다

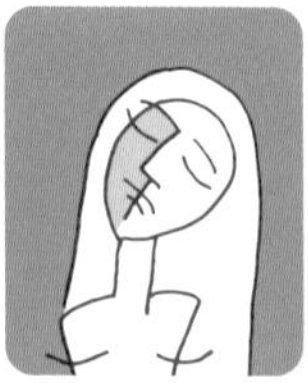

낡아가는 당신과 나의 거리

당신과의 원거리를 보기 위해 현미경을 들여다봤지
촘촘히 얽힌 삶의 엽록체
초록으로 향하는 세상의 출구

얍삽한 마음일랑 감춰두고
평온함을 숨죽인 채 바라봤지

나를 기웃대는 날이 늘어가고
수심은 깊어가고
나무들의 앓는 소리가 불쑥 들리는데

어르거나 달래도 도통 말을 듣지 않는
당신과 나의 거리
우리의 거리는 고배율

어르거나 달래도
도통 말을 듣지 않는
당신과 나의 거리

하루 종일 비가 내리네

엄살을 부리고 싶을 때가 있다
아픈 척
괴로운 척
힘든 척

사는 일이 벅차고
슬플 때
토닥토닥 달래주는
손길을 받고 싶을 때가 있다

낡은 레코드판에서 흘러나오는 노래를 들으며
괜찮을 거라고
이겨낼 거라고

어린 나를 달래주던
엄마의 목소리에 기대고픈
그런 날이 있다

우린 그렇게 닮아가겠지

터널 너머

가끔은 혼자서
오롯이 맞는 비
터널엔 끝이 있다는 걸
말의 줄기가 흩어지네
어제의 우리처럼
빗소리가 더 깊어졌으면

쓸쓸함은 그녀의 외피가 아니었죠
가슴이 시키는 대로 그 방향으로 나가보아요

아마 2월이었을 거야

튼실해져 가는 생각
내 안의 고요 속에 벅차오르는 일
아린 생각의 속살을 베어 문 벌레 먹은 달
낯선 시내를 걷다가 데리고 온 네 생각

제주 동백을 보고 온 2월
겨울 바다를 떠도는 바람은 또렷한 차가움을 주고
낭창낭창 곡선이 되어 포개지며 하나가 되었던
스크럼을 단단하게 짠 생각이
가혹하게 풀어져 나간 오늘이여,

외따로 서 있는 나는
사무치게 그리울 때가 있다

오래된 추억이 돌고 돌아 맞물린다

의자에 앉아서

권태로운 한낮의 적막이 의자에 스치듯 지나간다

생활의 각질을 뚫고 맨살에 와 닿는
물컹한 감촉은
오후의 청정한 바람과
결 고운 나무들의 향기를 선물로 준다

몇 줌의 먼지와 자동차 소음이 다녀갈 것이다

개운한 햇볕을 쬐면서
한나절 젖은 마음을 구석구석 말려본다

외로움 속에 피어나는
나지막한 울림
내키지 않은 삶을
불편해하는 시간을

곁에 서서 비 맞기

그날의 서랍을 열어보며
널 아는 내가 흘러가지 못하게

며칠 전에 꺼내보았던
무뚝뚝한 널 닮은 빗방울을 감싸 안을래

우린 그렇게 닿아가겠지

그냥 그렇게,
그대로 나답게

집으로 가는 저녁이면

푸르름을 움켜쥔 여름 산에서
어깨를 기댄 작은 것을 본다

시내버스를 타고 종점까지 가는 길
아직 풀지 못한 쓸쓸함을 슬쩍 내려놓는다

절망 가운데서도 길을 찾는 일은
상처를 보듬는 일

감탄사를 붙이는 일이 많아지게
아직 삶은 살 만한 것이라고

그날의 서랍을 열어보며